山月記

中島敦＋ねこ助

初出：「文學界」1942年2月

中島敦

明治42年（1909年）東京生まれ。東京帝国大学卒業後、教員生活を経てパラオ南洋庁への勤務をしながら執筆活動を行う。喘息のため33歳で病没。代表作に、『山月記』『光と風と夢』『李陵』などがある。

ねこ助

鳥取県出身のイラストレーター。書籍の装画、ゲーム、CDジャケットなどのイラストを手がける。著書に『赤とんぼ』（新美南吉＋ねこ助）、『Soirée　ねこ助作品集ソワレ』がある。

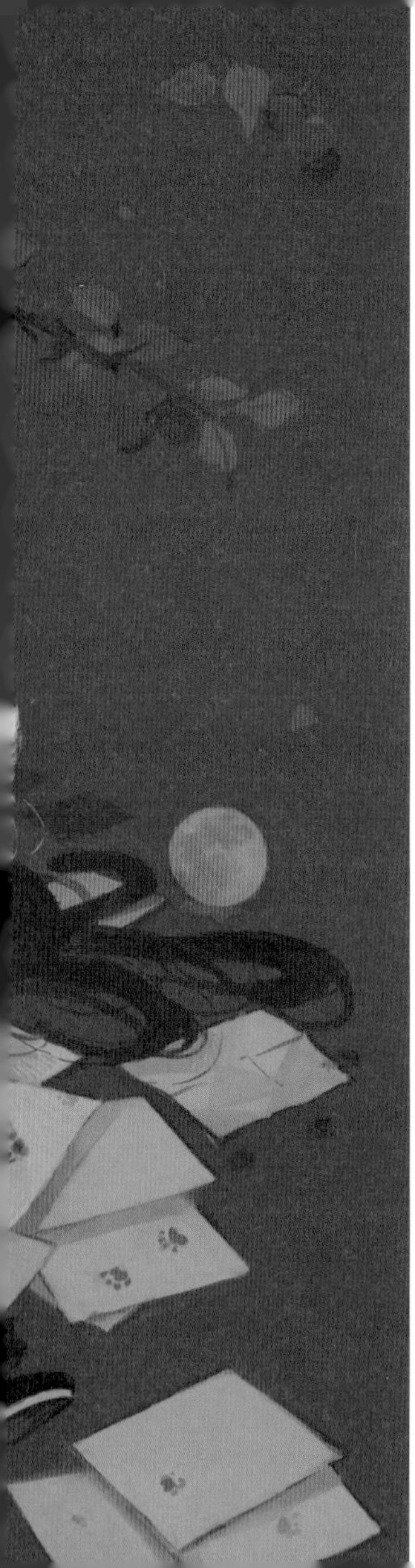

隴西《ろうさい》の李徴《りちょう》は博学才穎《さいえい》、天宝の末年、若くして名を虎榜《こぼう》に連ね、ついで江南尉《こうなんい》に補せられたが、性、狷介《けんかい》、自《みずか》ら恃《たの》むところ頗《すこぶ》る厚く、賤吏《せんり》に甘んずるを潔《いさぎよ》しとしなかった。いくばくもなく官を退いた後は、故山《こざん》、虢略《かくりゃく》に帰臥《きが》し、人と交《まじわり》を絶って、ひたすら詩作に耽《ふけ》った。下吏となって長く膝《ひざ》を俗悪な大官の前に屈するよりは、詩家としての名を死後百年に遺《のこ》そうとしたのである。しかし、文名は容易に揚らず、生活は日を逐《お》うて苦しくなる。李徴は漸《ようや》く焦《しょう》躁《そう》に駆られて来た。

この頃《ころ》からその容貌《ようぼう》も峭刻《しょうこく》となり、肉落ち骨秀《ひい》で、眼光のみ徒《いたず》らに炯々《けいけい》として、曾《かつ》て進士に登第《とうだい》した頃の豊頬《ほうきょう》の美少年の俤《おもかげ》は、何《ど》処《こ》に求めようもない。数年の後、貧窮に堪《た》えず、妻子の衣食のために遂《つい》に節を屈して、再び東へ赴き、一地方官吏の職を奉ずることになった。一方、これは、己《おのれ》の詩業に半ば絶望したためでもある。曾ての同輩は既に遥《はる》か高位に進み、彼が昔、鈍物として歯牙《しが》にもかけなかったその連中の下命を拝さねばならぬことが、往年の儁《しゅん》才《さい》李徴の自尊心を如何《いか》に傷《きず》つけたかは、想像に難《かた》くない。彼は怏々《おうおう》として楽しまず、狂悖《きょうはい》の性は愈々《いよいよ》抑え難《がた》くなった。

一年の後、公用で旅に出、汝水《じょすい》のほとりに宿った時、遂に発狂した。或《ある》夜半、急に顔色を変えて寝床から起上ると、何か訳の分らぬことを叫びつつそのまま下にとび下りて、闇《やみ》の中へ駈出《かけだ》した。彼は二度と戻《もど》って来なかった。附近の山野を捜索しても、何の手掛りもない。その後李徴がどうなったかを知る者は、誰《だれ》もなかった。

翌年、監察御史《かんさつぎょし》、陳郡《ちんぐん》の袁傪《えんさん》という者、勅命を奉じて嶺南《れいなん》に使《つかい》し、途《みち》に商於《しょうお》の地に宿った。次の朝未《ま》だ暗い中《うち》に出発しようとしたところ、駅吏が言うことに、これから先の道に人喰虎《ひとくいどら》が出る故《ゆえ》、旅人は白昼でなければ、通れない。今はまだ朝が早いから、今少し待たれたが宜《よろ》しいでしょうと。袁傪は、しかし、供廻《ともまわ》りの多勢なのを恃み、駅吏の言葉を斥《しりぞ》けて、出発した。

残月の光をたよりに林中の草地を通って行った時、果して一匹の猛虎《もうこ》が叢《くさむら》の中から躍り出た。虎は、あわや袁傪に躍りかかるかと見えたが、忽《たちま》ち身を翻《ひるがえ》して、元の叢に隠れた。叢の中から人間の声で「あぶないところだった」と繰返し呟《つぶや》くのが聞えた。その声に袁傪は聞き憶《おぼ》えがあった。驚懼《きょうく》の中にも、彼は咄嗟《とっさ》に思いあたって、叫んだ。「その声は、我が友、李徴子ではないか？」袁傪は李徴と同年に進士の第に登り、友人の少かった李徴にとっては、最も親しい友であった。温和な袁傪の性格が、峻峭《しゅんしょう》な李徴の性情と衝突しなかったためであろう。

叢の中からは、暫《しばら》く返辞が無かった。しのび泣きかと思われる微《かす》かな声が時々洩《も》れるばかりである。ややあって、低い声が答えた。「如何にも自分は隴西の李徴である」と。

袁傪は恐怖を忘れ、馬から下りて叢に近づき、懐《なつ》かしげに久闊《きゅうかつ》を叙した。そして、何故《なぜ》叢から出て来ないのかと問うた。李徴の声が答えて言う。自分は今や異類の身となっている。どうして、おめおめと故人《とも》の前にあさましい姿をさらせようか。かつ又、自分が姿を現せば、必ず君に畏怖嫌厭《いふけんえん》の情を起させるに決っているからだ。しかし、今、図らずも故人に遇《あ》うことを得て、愧赧《きたん》の念をも忘れる程に懐かしい。どうか、ほんの暫くでいいから、我が醜悪な今の外形を厭《いと》わず、曾て君の友李徴であったこの自分と話を交してくれないだろうか。

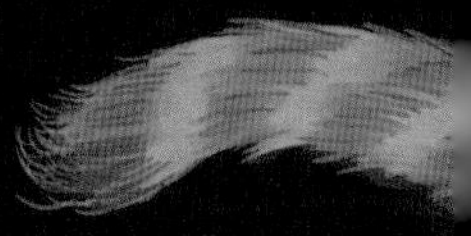

後で考えれば不思議だったが、その時、袁傪は、この超自然の怪異を、実に素直に受容《うけい》れて、少しも怪もうとしなかった。彼は部下に命じて行列の進行を停《と》め、自分は叢の傍《かたわら》に立って、見えざる声と対談した。都の噂《うわさ》、旧友の消息、袁傪が現在の地位、それに対する李徴の祝辞。青年時代に親しかった者同志の、あの隔てのない語調で、それ等《ら》が語られた後、袁傪は、李徴がどうして今の身となるに至ったかを訊《たず》ねた。草中の声は次のように語った。

今から一年程前、自分が旅に出て汝水のほとりに泊った夜のこと、一睡してから、ふと眼《め》を覚ますと、戸外で誰かが我が名を呼んでいる。声に応じて外へ出て見ると、声は闇の中から頻《しき》りに自分を招く。覚えず、自分は声を追うて走り出した。無我夢中で駈けて行く中に、何時《いつ》しか途は山林に入り、しかも、知らぬ間に自分は左右の手で地を攫《つか》んで走っていた。何か身体《からだ》中に力が充《み》ち満ちたような感じで、軽々と岩石を跳び越えて行った。気が付くと、手先や肱《ひじ》のあたりに毛を生じているらしい。

少し明るくなってから、谷川に臨んで姿を映して見ると、既に虎となっていた。自分は初め眼を信じなかった。次に、これは夢に違いないと考えた。夢の中で、これは夢だぞと知っているような夢を、自分はそれまでに見たことがあったから。どうしても夢でないと悟らねばならなかった時、自分は茫然《ぼうぜん》とした。そうして懼《おそ》れた。全く、どんな事でも起り得るのだと思うて、深く懼れた。しかし、何故こんな事になったのだろう。分らぬ。全く何事も我々には判《わか》らぬ。理由も分らずに押付けられたものを大人しく受取って、理由も分らずに生きて行くのが、我々生きもののさだめだ。自分は直《す》ぐに死を想《おも》うた。しかし、その時、眼の前を一匹の兎《うさぎ》が駈け過ぎるのを見た途端に、自分の中の人間は忽ち姿を消した。再び自分の中の人間が目を覚ました時、自分の口は兎の血に塗《まみ》れ、あたりには兎の毛が散らばっていた。

これが虎としての最初の経験であった。

それ以来今までにどんな所行をし続けて来たか、それは到底語るに忍びない。ただ、一日の中に必ず数時間は、人間の心が還《かえ》って来る。そういう時には、曾ての日と同じく、人語も操《あやつ》れれば、複雑な思考にも堪え得るし、経書《けいしょ》の章句を誦《そら》んずることも出来る。その人間の心で、虎としての己《おのれ》の残虐《ざんぎゃく》な行《おこない》のあとを見、己の運命をふりかえる時が、最も情なく、恐しく、憤《いきどお》ろしい。しかし、その、人間にかえる数時間も、日を経るに従って次第に短くなって行く。今までは、どうして虎などになったかと怪しんでいたのに、この間ひょいと気が付いて見たら、己《おれ》はどうして以前、人間だったのかと考えていた。

これは恐しいことだ。今少し経《た》てば、己《おれ》の中の人間の心は、獣としての習慣の中にすっかり埋《うも》れて消えて了《しま》うだろう。ちょうど、古い宮殿の礎《いしずえ》が次第に土砂に埋没するように。そうすれば、しまいに己は自分の過去を忘れ果て、一匹の虎として狂い廻り、今日のように途で君と出会っても故人《とも》と認めることなく、君を裂き喰《くろ》うて何の悔も感じないだろう。

一体、獣でも人間でも、もとは何か他《ほか》のものだったんだろう。初めはそれを憶えているが、次第に忘れて了い、初めから今の形のものだったと思い込んでいるのではないか？　いや、そんな事はどうでもいい。己の中の人間の心がすっかり消えて了えば、恐らく、その方が、己はしあわせになれるだろう。だのに、己の中の人間は、その事を、この上なく恐しく感じているのだ。ああ、全く、どんなに、恐しく、哀《かな》しく、切なく思っているだろう！　己が人間だった記憶のなくなることを。この気持は誰にも分らない。誰にも分らない。己と同じ身の上に成った者でなければ。ところで、そうだ。己がすっかり人間でなくなって了う前に、一つ頼んで置きたいことがある。

袁傪はじめ一行は、息をのんで、叢中《そうちゅう》の声の語る不思議に聞入っていた。声は続けて言う。

他でもない。自分は元来詩人として名を成す積りでいた。しかも、業未《いま》だ成らざるに、この運命に立至った。曾て作るところの詩数百篇《ぺん》、固《もと》より、まだ世に行われておらぬ。遺稿の所在も最早《もはや》判らなくなっていよう。ところで、その中、今も尚《なお》記誦《きしょう》せるものが数十ある。これを我が為《ため》に伝録して戴《いただ》きたいのだ。何も、これに仍《よ》って一人前の詩人面《づら》をしたいのではない。作の巧拙は知らず、とにかく、産を破り心を狂わせてまで自分が生涯《しょうがい》それに執着したところのものを、一部なりとも後代に伝えないでは、死んでも死に切れないのだ。

袁傪は部下に命じ、筆を執って叢中の声に随《したが》って書きとらせた。李徴の声は叢の中から朗々と響いた。長短凡《およ》そ三十篇、格調高雅、意趣卓逸、一読して作者の才の非凡を思わせるものばかりである。しかし、袁傪は感嘆しながらも漠然《ばくぜん》と次のように感じていた。成《なる》程《ほど》、作者の素質が第一流に属するものであることは疑いない。しかし、このままでは、第一流の作品となるのには、何処《どこ》か（非常に微妙な点に於《おい》て）欠けるところがあるのではないか、と。

旧詩を吐き終った李徴の声は、突然調子を変え、自らを嘲《あざけ》るが如《ごと》くに言った。

羞《はずか》しいことだが、今でも、こんなあさましい身と成り果てた今でも、己《おれ》は、己の詩集が長安《ちょうあん》風流人士の机の上に置かれている様を、夢に見ることがあるのだ。岩窟《がんくつ》の中に横たわって見る夢にだよ。嗤《わら》ってくれ。詩人に成りそこなって虎になった哀れな男を。（袁傪は昔の青年李徴の自嘲癖《じちょうへき》を思出しながら、哀しく聞いていた。）そうだ。お笑い草ついでに、今の懐《おもい》を即席の詩に述べて見ようか。この虎の中に、まだ、曾ての李徴が生きているしるしに。

袁傪は又下吏に命じてこれを書きとらせた。その詩に言う。

偶因狂疾成殊類　災患相仍不可逃
今日爪牙誰敢敵　当時声跡共相高
我為異物蓬茅下　君已乗軺気勢豪
此夕渓山対明月　不成長嘯但成嘷

時に、残月、光冷《ひや》やかに、白露は地に滋《しげ》く、樹間を渡る冷風は既に暁の近きを告げていた。人々は最早、事の奇異を忘れ、粛然として、この詩人の薄倖《はっこう》を嘆じた。李徴の声は再び続ける。

何故《なぜ》こんな運命になったか判らぬと、先刻は言ったが、しかし、考えように依《よ》れば、思い当ることが全然ないでもない。人間であった時、己《おれ》は努めて人との交《まじわり》を避けた。人々は己を倨傲《きょごう》だ、尊大だといった。実は、それが殆《ほとん》ど羞恥心《しゅうちしん》に近いものであることを、人々は知らなかった。勿論《もちろん》、曾ての郷党《きょうとう》の鬼才といわれた自分に、自尊心が無かったとは云《い》わない。しかし、それは臆病《おくびょう》な自尊心とでもいうべきものであった。己は詩によって名を成そうと思いながら、進んで師に就いたり、求めて詩友と交って切磋琢磨《せっさたくま》に努めたりすることをしなかった。かといって、又、己は俗物の間に伍《ご》することも潔《いさぎよ》しとしなかった。共に、我が臆病な自尊心と、尊大な羞恥心との所為《せい》である。

己《おのれ》の珠《たま》に非《あら》ざることを惧《おそ》れるが故《ゆえ》に、敢《あえ》て刻苦して磨《みが》こうともせず、又、己の珠なるべきを半ば信ずるが故に、碌々《ろくろく》として瓦《かわら》に伍することも出来なかった。己《おれ》は次第に世と離れ、人と遠ざかり、憤悶《ふんもん》と慙恚《ざんい》とによって益々《ますます》己《おのれ》の内なる臆病な自尊心を飼いふとらせる結果になった。人間は誰でも猛獣使であり、その猛獣に当るのが、各人の性情だという。己《おれ》の場合、この尊大な羞恥心が猛獣だった。虎だったのだ。

これが己を損い、妻子を苦しめ、友人を傷つけ、果ては、己の外形をかくの如く、内心にふさわしいものに変えて了ったのだ。今思えば、全く、己は、己の有《も》っていた僅《わず》かばかりの才能を空費して了った訳だ。人生は何事をも為《な》さぬには余りに長いが、何事かを為すには余りに短いなどと口先ばかりの警句を弄《ろう》しながら、事実は、才能の不足を暴露《ばくろ》するかも知れないとの卑怯《ひきょう》な危惧《きぐ》と、刻苦を厭《いと》う怠惰とが己の凡《すべ》てだったのだ。

己よりも遥かに乏しい才能でありながら、それを専一に磨いたがために、堂々たる詩家となった者が幾らでもいるのだ。虎と成り果てた今、己は漸《ようや》くそれに気が付いた。それを思うと、己は今も胸を灼《や》かれるような悔を感じる。己には最早人間としての生活は出来ない。たとえ、今、己が頭の中で、どんな優れた詩を作ったにしたところで、どういう手段で発表できよう。まして、己の頭は日毎《ひごと》に虎に近づいて行く。どうすればいいのだ。己の空費された過去は？　己は堪《たま》らなくなる。

そういう時、己は、向うの山の頂の巖《いわ》に上り、空谷《くうこく》に向って吼《ほ》える。この胸を灼く悲しみを誰かに訴えたいのだ。己は昨夕も、彼処《あそこ》で月に向って咆《ほ》えた。誰かにこの苦しみが分って貰《もら》えないかと。しかし、獣どもは己の声を聞いて、唯《ただ》、懼《おそ》れ、ひれ伏すばかり。山も樹《き》も月も露も、一匹の虎が怒り狂って、哮《たけ》っているとしか考えない。天に躍り地に伏して嘆いても、誰一人己の気持を分ってくれる者はない。ちょうど、人間だった頃、己の傷つき易《やす》い内心を誰も理解してくれなかったように。己の毛皮の濡《ぬ》れたのは、夜露のためばかりではない。

漸く四辺《あたり》の暗さが薄らいで来た。木の間を伝って、何処《どこ》からか、暁角《ぎょうかく》が哀しげに響き始めた。

最早、別れを告げねばならぬ。酔わねばならぬ時が、（虎に還らねばならぬ時が）近づいたから、と、李徴の声が言った。だが、お別れする前にもう一つ頼みがある。それは我が妻子のことだ。彼等《かれら》は未《ま》だ虢略《かくりゃく》にいる。固より、己の運命に就いては知る筈《はず》がない。君が南から帰ったら、己は既に死んだと彼等に告げて貰えないだろうか。決して今日のことだけは明かさないで欲しい。厚かましいお願だが、彼等の孤弱を憐《あわ》れんで、今後とも道塗《どうと》に飢凍《きとう》することのないように計らって戴けるならば、自分にとって、恩倖《おんこう》、これに過ぎたるは莫《な》い。

言終って、叢中から慟哭《どうこく》の声が聞えた。袁もまた涙を泛《うか》べ、欣《よろこ》んで李徴の意に副《そ》いたい旨《むね》を答えた。李徴の声はしかし忽《たちま》ち又先刻の自嘲的な調子に戻《もど》って、言った。

本当は、先《ま》ず、この事の方を先にお願いすべきだったのだ、己が人間だったなら。飢え凍えようとする妻子のことよりも、己《おのれ》の乏しい詩業の方を気にかけているような男だから、こんな獣に身を堕《おと》すのだ。

そうして、附加《つけくわ》えて言うことに、袁傪が嶺南からの帰途には決してこの途《みち》を通らないで欲しい、その時には自分が酔っていて故《と》人《も》を認めずに襲いかかるかも知れないから。又、今別れてから、前方百歩の所にある、あの丘に上ったら、此方《こちら》を振りかえって見て貰いたい。自分は今の姿をもう一度お目に掛けよう。勇に誇ろうとしてではない。我が醜悪な姿を示して、以《もっ》て、再び此処《ここ》を過ぎて自分に会おうとの気持を君に起させない為であると。

袁傪は叢に向って、懇《ねんご》ろに別れの言葉を述べ、馬に上った。叢の中からは、又、堪え得ざるが如き悲泣《ひきゅう》の声が洩《も》れた。袁傪も幾度か叢を振返りながら、涙の中に出発した。

一行が丘の上についた時、彼等は、言われた通りに振返って、先程の林間の草地を眺《なが》めた。忽ち、一匹の虎が草の茂みから道の上に躍り出たのを彼等は見た。虎は、既に白く光を失った月を仰いで、二声三声咆《ほう》哮《こう》したかと思うと、又、元の叢に躍り入って、再びその姿を見なかった。

※本書には、現在の観点から見ると差別用語と取られかねない表現が含まれていますが、原文の歴史性を考慮してそのままとしました。

33ページの漢詩は、虎になってしまった李徴の気持ちを詠んだもので、意味としては、40～43ページに書かれている内容となっています。注釈や解説が簡単に入手できますので、気になる方はぜひ調べてみてください。

乙女の本棚シリーズ

『女生徒』
太宰治＋今井キラ

『押絵と旅する男』
江戸川乱歩＋しきみ

『外科室』
泉鏡花＋ホノジロトヲジ

『猫町』
萩原朔太郎＋しきみ

『瓶詰地獄』
夢野久作＋ホノジロトヲジ

『赤とんぼ』
新美南吉＋ねこ助

『葉桜と魔笛』
太宰治＋紗久楽さわ

『蜜柑』
芥川龍之介＋げみ

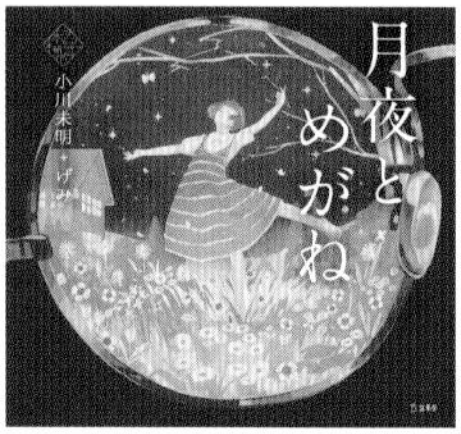

『月夜とめがね』
小川未明＋げみ

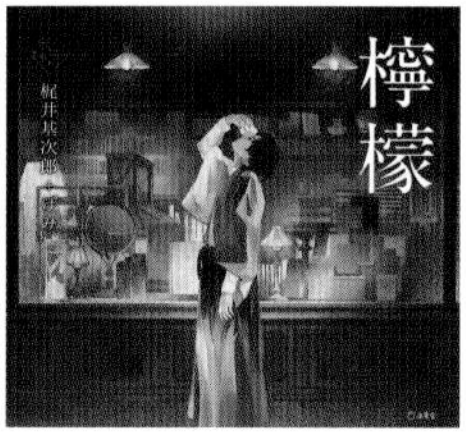

『檸檬』
梶井基次郎＋げみ

『夢十夜』
夏目漱石＋しきみ

『夜長姫と耳男』
坂口安吾＋夜汽車

『刺青』
谷崎潤一郎＋夜汽車

『魔術師』
谷崎潤一郎＋しきみ

『桜の森の満開の下』
坂口安吾＋しきみ

『詩集『抒情小曲集』より』
室生犀星＋げみ

『人間椅子』
江戸川乱歩＋ホノジロトヲジ

『死後の恋』
夢野久作＋ホノジロトヲジ

『Kの昇天』
梶井基次郎＋しらこ

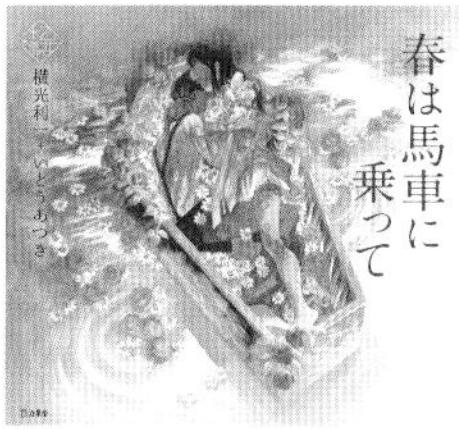

『春は馬車に乗って』
横光利一＋いとうあつき

『山月記』
中島敦＋ねこ助

『詩集『青猫』より』
萩原朔太郎＋しきみ

『魚服記』
太宰治＋ねこ助

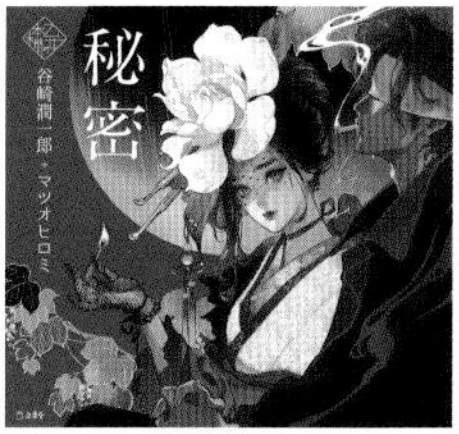

『秘密』
谷崎潤一郎＋マツオヒロミ

定価：1980円（本体1800円+税10%）

山月記

2020年４月17日　第1版1刷発行
2024年４月15日　第1版5刷発行

著者　中島 敦
絵　ねこ助

編集・発行人　松本 大輔
デザイン　根本 綾子(Karon)
担当編集　切刀 匠

発行：立東舎
発売：株式会社リットーミュージック
〒101-0051 東京都千代田区神田神保町一丁目105番地

印刷・製本：株式会社広済堂ネクスト

【本書の内容に関するお問い合わせ先】
info@rittor-music.co.jp
本書の内容に関するご質問は、Eメールのみでお受けしております。
お送りいただくメールの件名に「山月記」と記載してお送りください。
ご質問の内容によりましては、しばらく時間をいただくことがございます。
なお、電話やFAX、郵便でのご質問、本書記載内容の範囲を超えるご質問につきましてはお答えできませんので、
あらかじめご了承ください。

【乱丁・落丁などのお問い合わせ】
service@rittor-music.co.jp

Printed in Japan　ISBN978-4-8456-3478-1
定価 1,980円(1,800円+税10%)